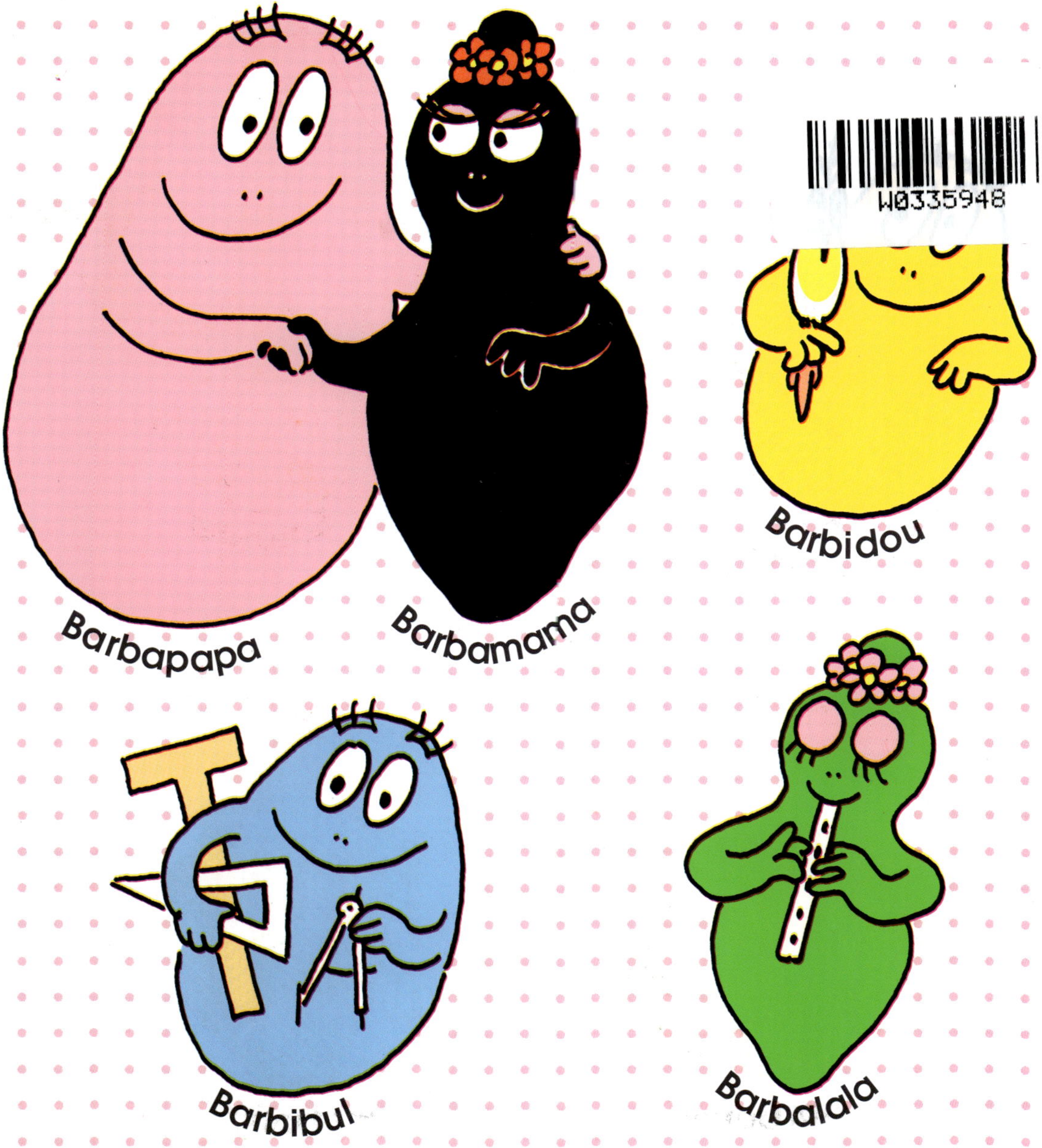
Barbapapa
Barbamama
Barbidou
Barbibul
Barbalala

Les Livres du Dragon d'Or
60, rue Mazarine, 75006 Paris.

Loi n° 49-956 du 16 juillet 1949 sur les publications destinées à la jeunesse.
ISBN 2-87881-317-0. Dépôt légal : septembre 2005.
Imprimé en Italie.

9 8 7 6 5 4 3 2 1

BARBAPAPA

Baby-sitter

Annette Tison & Talus Taylor

LES LIVRES DU DRAGON D'OR

Quand Alice est née, Barbapapa et sa famille
sont tout de suite venus lui rendre visite.
Bébé Alice est dans un berceau transparent
pour que sa maman puisse la voir de son lit.
Mais la maman d'Alice est inquiète : qui va s'occuper
du bébé pendant qu'elle sera à son travail ?
Heureusement les Barbapapas sont là pour l'aider.

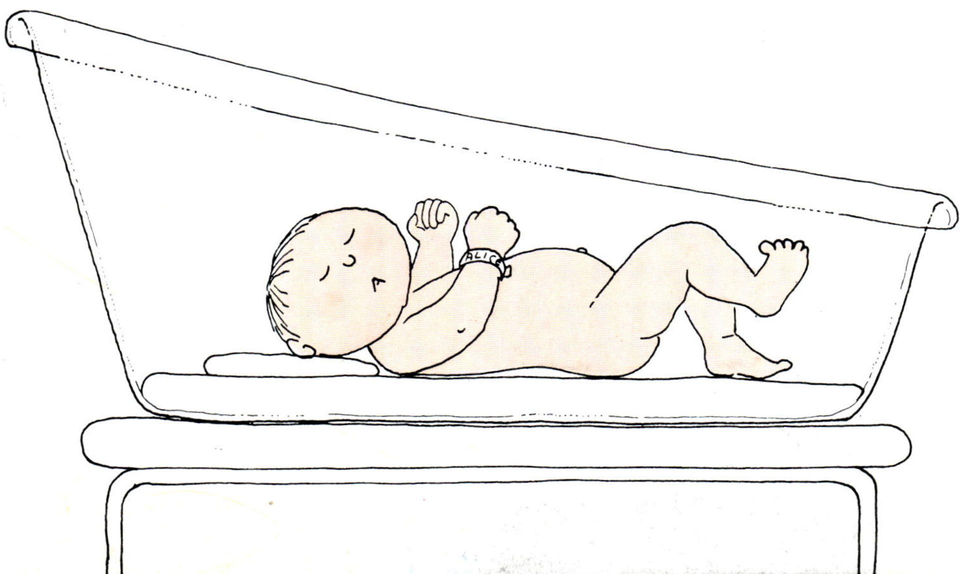

Barbamama berce Alice
pour l'endormir.

Barbabelle fait bien attention
à ce que le biberon ne soit ni trop
chaud ni trop froid.

Après le bain, Barbotine
pèse le bébé sur la balance.

Barbibul fait une table à langer très confortable.

Maintenant, Alice est assez grande pour manger à la petite cuillère.

Barbapapa aide Alice à se tenir debout dans son parc...

...pendant que Barbouille peint son portrait.

Barbalala fait une jolie poussette
pour promener Alice dans le jardin.

Une petite sieste à l'air pur
lui fera du bien.

Alice s'amuse
beaucoup
avec ses amis,
les Barbapapas.

Chut !
Elle s'est endormie.